AF349920

ÉTOFFES ET ÉMAUX

DU JAPON ET DE LA CHINE

BRONZES — MEUBLES

MATIÈRES PRÉCIEUSES

EXPOSITION PUBLIQUE :

Le Mardi 26 Novembre 1872

DE UNE HEURE ET DEMIE A CINQ HEURES ET DEMIE

COMMISSAIRE-PRISEUR	EXPERT
M° CHARLES PILLET,	M. CHARLES MANNHEIM
10, rue de la Grange-Batelière.	7, rue Saint-Georges.

CATALOGUE

D'UNE JOLIE RÉUNION

D'ÉTOFFES ET ÉMAUX

DU JAPON ET DE LA CHINE

BRONZES — MEUBLES

Matières précieuses

DONT LA VENTE AUX ENCHÈRES PUBLIQUES AURA LIEU

HOTEL DROUOT, SALLE N° 2

Le Mercredi 27 Novembre 1872,

A DEUX HEURES

Par le ministère de M⁰ CHARLES PILLET, Commissaire-Priseur

10, rue de la Grange-Batelière.

Assisté de M. CHARLES MANNHEIM, expert, 7, rue Saint-Georges.

Chez lesquels se trouve le présent Catalogue.

EXPOSITION PUBLIQUE : le Mardi 26 Novembre 1872

DE UNE HEURE ET DEMIE A CINQ HEURES ET DEMIE.

CONDITIONS DE LA VENTE.

Elle sera faite au comptant

Les adjudicataires payeront *cinq pour cent* en sus des enchères.

L'exposition mettant le public à même de se rendre compte de état des objets, il ne sera admis aucune réclamation une fois l'adjudication prononcée.

Paris. — Typ. PILLET fils aîné, rue des Gr.-Augustins, 5.

DÉSIGNATION

ÉTOFFES

1 45 — Environ cinquante morceaux d'étoffe de soie et tissus variés pour écrans, coussins, etc., qui seront vendus séparément.

46-59 — Quinze belles robes japonaises en satin, en soie et en crêpe, brodées en soies de couleurs. Elles seront vendues séparément.

60 — Vingt-deux beaux morceaux d'étoffe de soie pour siéges, richement brodés en soies de couleurs à figures et fleurs sur fond bleu. Ce lot pourra être divisé.

61 — Petite portière en soie rouge, brodée à figures et monuments.

62 — Autre portière en soie rouge brodée, à fleurs et oiseaux.

63 — Coupon d'étoffe de soie verte brodé, à figures et fleurs.

64 — Coupon d'étoffe analogue brodé, à fleurs et insectes.

65 — Coupon d'étoffe de soie verte, décoré de figures et de fleurs brodées en soie de couleur.

66 — Deux coupons d'étoffe de soie verte; l'un d'eux brodé à figures et l'autre à fleurs.

ÉMAUX CLOISONNÉS
DE LA CHINE

67 — Deux très-grands et beaux vases, forme balustre, décorés de branches de pêchers et d'oiseaux émaillés en couleurs sur fond bleu turquoise. — Haut. 70 cent.

68 — Deux grandes et belles boîtes rondes décorées à l'extérieur d'un grand médaillon rond à fond blanc et de petits médaillons forme éventail à fonds vert et rouge décorés de fleurs. Le fond général bleu turquoise est relevé de fleurs arabesques. Ces pièces émaillées à l'intérieur sont décorées de rosaces variées de nuances sur fond bleu turquoise. — Haut., 28 cent.; diam., 38 cent.

69 — Deux belles vasques rondes ou jardinières en émail cloisonné, décorées de fleurs et d'oiseaux en couleurs sur fond bleu turquoise. — Haut., 31 cent.; diam., 45 cent.

70 — Deux dessus de table de forme ronde, décorés de médaillons de paysages avec animaux et de compartiments de fleurs et d'oiseaux; le tout sur fond bleu turquoise. — Diam., 72 cent.

71 — Deux jardinières de forme ronde à lobes ; décorées de
branches, d'oiseaux et de fleurs, sur fond rouge.— Haut.,
25 cent.; diam., 37 cent.

72 — Deux vases forme bouteille à goulot droit, en émail
cloisonné de la Chine, décorés de fleurs et d'oiseaux sur
fond bleu turquoise. — Haut., 35 cent.

73 — Deux grands plats ronds décorés de fleurs sur fond
rouge couvert de fines cloisons dorées. — Diam., 64 cent.

74 — Deux vases modèle rouleau décorés de fleurs sur fond
blanc et de bandes d'ornements émaillés bleu turquoise.
— Haut., 34 cent.

75 — Brûle-parfums à panse sphérique, à deux anses suréle-
vées en S, et reposant sur trois pieds cintrés en émail cloisonné à fleurs arabesques, sur fond bleu turquoise ; le
couvercle émaillé de même est surmonté d'un bouton
doré. — Haut., 16 cent.

76 — Deux boîtes de forme lenticulaire, décorées de fleurs sur
fond bleu turquoise et de médaillons à fond rouge. —
Diam., 20 cent.

77 — Deux boîtes de même forme, décorées de rosaces sur
fond rouge. — Diam., 20 cent.

78 — Deux vases forme bouteille en émail cloisonné de la
Chine, décorés de fleurs sur fond bleu turquoise. — Haut.,
34 cent.

79 — Deux vases modèle rouleau à fond d'émail rouge et
décor de fleurs. — Haut., 35 cent.

80 — Deux porte-allumettes en émail cloisonné de la Chine,
décorés d'attributs et d'ornements sur fond gros bleu. —
Haut., 11 cent.

81 — Deux bols décorés de fleurs et d'ornements sur fond
rouge. — Diam., 21 cent.

82 — Deux bols analogues à ceux qui précèdent, mais émaillés
bleu turquoise. — Diam., 18 cent.

83 — Deux porte-allumettes, décorés de fleurs et d'ornements sur fond rouge. — Haut., 12 cent.

84 — Deux bols décorés d'ornements et d'attributs émaillés
en couleurs sur fond rouge. — Diam., 18 cent.

85-87 — Six petites boîtes rondes en émail cloisonné de la
Chine, décorées de fleurs sur fond blanc, vert et rouge.
Elles seront vendues par deux ou séparément. — Diam.,
9 cent.

88 — Une lanterne en forme de polyèdre, en émail cloisonné
sur fond en bronze doré, garnie de verres peints.

BRONZES

89) — Vase forme balustre à tortues en relief et à deux anses, reposant sur trois pieds. Il est surmonté d'un double fond à large bord formant plateau. Bronze chinois.

90 — Vase en forme de corbeille en osier reposant sur trois branches de fruits. Bronze très-curieux.

91 — Brûle-parfums formé d'un personnage monté sur un buffle. Bronze chinois.

92 — Brûle-parfums formé d'un animal fantastique debout.

93 — Deux brûle-parfums en forme de canard sur socle formé de vagues.

94 — Brûle-parfums formé d'un coq debout.

95 — Deux brûle-parfums formés chacun d'un groupe de deux hérons sur rochers.

96 — Deux brûle-parfums analogues formés chacun d'un oiseau monté sur un tronc d'arbre.

97 — Brûle-parfums analogue à ceux qui précèdent mais plus grand.

98 — Deux brûle-parfums ornés chacun de figurines debout.

99 — Brûle-parfums de même style orné d'une figure assise.

100-101 — Quatre écrevisses formant presse-papier. Elles seront vendues par deux.

102-104 — Six brûle-parfums formés chacun d'un personnage monté sur un poisson. Ils seront vendus par paire.

105 — Deux jolis brûle-parfums formés chacun d'un oiseau monté sur un perchoir circulaire. Bronze enrichi de niellures d'argent.

106 — Divinité assise en bronze. Sur socle en bois sculpté.

106 *bis* — Vase forme balustre aplati, garni de deux anses à anneaux mouvants.

MATIÈRES PRÉCIEUSES

107 — Jade blanc. — Deux coupes présentoirs avec couvercles.

108 — Jade verdâtre. — Coupe oblongue forme fleur avec branchages pris dans la masse et servant d'anse.

109 — Jade cristallisé jaunâtre. — Deux petites coupes forme fruit avec branchages pris dans la masse. Socle en bois sculpté.

110 — Jade blanc. — Pendant en forme de corbeille aplatie à anse et anneau pris dans la masse.

111 — Jade verdâtre. — Coupe forme fruit avec anse à double branche prise dans la masse.

112 — Jade verdâtre. — Petit plateau rond.

113 — Jade grisâtre. — Deux pièces : plaque découpée à jour, sur socle en bois sculpté et plaque offrant une figure gravée en relief.

114 — Cristal de roche. — Chimère couchée.

115 — Cornaline rouge et blanche. — Singe assis tenant une

bandelette sur laquelle est gravée une inscription. Sur socle en bois sculpté.

116 — Cornaline rouge. — Collier composé de quatorze olives.

117 — Améthyste. — Bracelet composé de dix boules.

118 — Lapis. — Bracelet composé de vingt-deux perles.

MEUBLES ET DIVERS

119 — Deux meubles étagères en bois de fer sculpté à quatre tablettes.

120 — Deux tabourets-supports de forme carrée avec tablette d'entre-jambes, en bois de fer incrusté de burgau. Travail cochinchinois.

121 — Petite boîte à compartiments, avec couvercle à recouvrement en laque du Japon finement décorée en or en relief. Elle renferme trois petites boîtes et un plateau en laque d'or.

122 — Trois petits groupes d'ivoire représentant des figures et des animaux.

123-125 — Quelques plats en porcelaine du Japon. Ils seront vendus séparément.

126-128 — Quelques vases en porcelaine laquée du Japon.

129 — Deux grands vases en porcelaine du Japon à décor en camaïeu bleu.

130 — Un vase forme bouteille à col droit en céladon bleu turquoise.

131 — Coupe en bois sculpté à fleurs en relief.

132 — Petit plateau rond en porcelaine de Chine avec attributs divers et cheval en relief émaillés en couleurs.

RED. :

20

graphicom

MIRE ISO N° 1
NF Z 43-001
AFNOR
Cedex 7 - 92080 PARIS LA DEFENSE

0 1 2 3 4 5 6 7 8 9 10

BIBLIOTHEQUE
NATIONALE
DE FRANCE
****

CHATEAU
DE
SABLE
1995